날마다 받는 선물

날마다 받는 선물
박종숙 시집

초판 인쇄 2017년 10월 20일
초판 발행 2017년 10월 25일

지은이 박종숙
펴낸이 신현운
펴낸곳 연인M&B
기 획 여인화
디자인 이희정
마케팅 박한동
홍 보 정연순
등 록 2000년 3월 7일 제2-3037호
주 소 05052 서울특별시 광진구 자양로 56(자양동 680-25) 2층
전 화 (02)455-3987 팩스 (02)3437-5975
홈주소 www.yeoninmb.co.kr
이메일 yeonin7@hanmail.net

값 10,000원

ISBN 978-89-6253-202-9 03810

날마다 받는 선물

박종숙 시집

잠들기 전 두 손을 가슴에 얹고
하루를 감사하고 반성하며
생의 마지막처럼 안녕을 고했다
그러나 나는 또 오늘을 선물 받았다

연인M&B

| 시인의 말 |

날마다 받는 선물

살면서 예기치 않은 기쁨을 만나는 일이 몇 번이나 있을까요.

느닷없이 걸려온 전화는 정말 예기치 않은 선물이었습니다.

"60번째 생신 축하 선물로 선생님 시집을 만들고 있습니다."

제가 어느새 예순 살이 되었다는 말에 놀랐고,

요즘 출판 사업이 불황인데 팔리지도 않는 시집을 만드신다는 말에 더 놀랐습니다.

30년 가까이 변함없는 우정을 지켜 준 신현운 시인께 진심으로 감사드립니다.

어느새 열 번째 시집입니다.

괜히 특징 없는 시집을 많이 낸 시인이 된 것 같아 부끄럽기도 합니다.

그러나 시가 좋아서 시인이 되었고 시와 함께할 때 가장 행복합니다.

그동안 아픈 저를 응원해 주시고 용기를 주신 많은 분들께 이 시집을 바칩니다.

덤으로 산다는 것은 분명 기쁨이지만
언제 꺼질지 모르는 불씨 같은 삶이라는 걸 잘 알고 있습니다.
그러나 그 불씨가 하얀 재가 될 때까지 열심히 살아 보겠습니다.
그리고 시를 계속 쓰겠습니다.
고맙습니다.

2017년 가을에
원주에서 박종숙

| 축하의 글 |

어느새 박종숙 시인이 열 번째 시집을 내는군요. 그동안 많은 어려움을 겪으면서도 꿋꿋이 시를 썼다는 것에 박수를 드립니다.

세상에 시인은 참 많습니다. 그러나 시를 열심히 쓰는 시인은 많지 않습니다. 늘 시를 사랑하고 시와 벗하며 살아가는 시인은 좋은 시를 만나게 되지요.

박종숙 시인은 항상 자신을 낮추며 시를 우러르는 시인입니다.

열 번째 시집 상재를 진심으로 축하합니다. 그리고 어려움 속에서 책을 만들어 주시는 연인M&B 신현운 시인에게 고마움을 전하며 박종숙 시인과 연인M&B 출판사 모두 크나큰 발전이 있기를 기원합니다.

2017년 쑥부쟁이 필 때

성춘복

| 차례 |

시인의 말 4
축하의 글 6

제1부
날마다 받는 선물

날마다 받는 선물 14
용대리 황태덕장 15
미래가 없는 땅 16
달걀 껍데기를 벗길 때마다 17
기다림 18
일요일 아침이면 19
말랑하게 사는 법 20
봄나물 21
부끄러움을 알게 한 당신 22
시간 보내기 24
나이 탓일까 25
조문 26
요즘 사람들은 27
봄비 앞에서 28
나무를 심는 마음 29
손으로 쓰는 편지가 그리운 시대 30
나이를 먹는다는 것 31
이사 가는 날 32
봄맞이 34
모두 돌고 도는데 35
오월 나들이 2016 36
망각의 동물 38

제2부

촛불을 들고

길을 나서면 40
흙을 만지면서 41
감꽃이 피었다 42
모기의 공습 사이렌 43
당신의 소원 44
돌아보니 45
아이의 울음 46
우체국 앞에 서면 48
목계다리를 지날 때면 49
눈을 감고 말았다 50
선물 같은 소나기 51
하얀 종이만 보면 52
아침밥을 지을 때면 53
동전 같은 세상 54
촛불을 들고 55
흔적 56
순수를 잃어 가는 슬픔 57
4월에 나는 58
기적을 기다리며 59
위로의 말 60
문상 가는 길은 언제나 망설임이다 61
슬픈 동창회 62

제3부

행복의 무게

기침 64
풍요 속 빈곤 65
이 가을에 나는 66
삶은 누구나 힘든 것이다 67
이제야 그 고마움을 68
효자동 사람들 69
새해에는 70
넋두리를 듣다 71
감춰진 마음 72
수취인 불명 73
행복의 무게 74
앙코르와트 거기엔 75
원 달러 76
4월에 내리는 비 77
비누 78
춘천 가는 길 79
사람의 마음 80
나팔꽃을 보며 81
동그라미 속에 갇힌 기억들 82
낡은 수첩을 뒤적이다 83
내 눈에 가둔 그림 84
이 가을에 벚꽃이 85

제4부

마음을 전하는 법

고구마 캐기 88
거리에서 89
오일장에 가면 90
안부 92
어머니 말씀 93
미끄러질라 조심해라 94
법을 몰라 슬픈 사람들 95
봄을 밀어내는 바람 96
세상에 공짜는 없다 97
분수처럼 98
어머니께 들켜 버렸다 99
바람 앞에 촛불처럼 100
어머니 등을 밀다가 101
어머니! 내년에도 보조 할래요 102
마지막 비행을 마친 새 103
되돌려 본 시간들 104
그네 타는 할머니 105
잃어버리고 행복하다 106
마음을 전하는 법 107
재활용품 버리는 날이면 108
김밥 109
혼자라는 것 110

제5부

어머니의 향기

닿을 수 없는 너 112
숨 113
후포항에서 생각하다 114
연습 115
고속버스를 타고 116
우리의 그림 117
하루만 더 놀다 가 118
꼭 그럴 거지 119
탓 120
세태 121
혼자 생각하다 122
친구가 보내준 사진을 보며 123
리셋 증후군 124
댓글 달기 125
어떤 장례식 126
사랑하는 제자에게 127
어쩜 그렇게 128
돌잔치 구경 129
지하철 여행 130
어머니의 향기 131
원주 가는 길 132
코끼리를 보다가 문득 133
고문 134
이별 연습 135
마음의 눈으로 보기 136

제1부

날마다 받는 선물

날마다 받는 선물

눈을 뜨면 아침은 오고
마주치는 정겨운 얼굴들
어제처럼 밥과 약을 삼킨다
참으로 감사할 일이다

오늘을 만나고 내일도 기다린다는 것
축복이 아닐 수 없다
생일처럼 기쁜 마음으로
오늘도 감사히 살아야겠다

잠자리에 들 때면 항상 생각한다
사랑하는 사람들과
낮에 본 나무와 하늘과 구름
내일 또 만날 수 있을까

잠들기 전 두 손을 가슴에 얹고
하루를 감사하고 반성하며
생의 마지막처럼 안녕을 고했다
그러나 나는 또 오늘을 선물 받았다.

용대리 황태덕장

얼음보다 차가운 물을 뒤집어쓰고
그 물이 마르기도 전에 또,
가슴까지 얼렸다 녹였다

된바람 앞에 알몸으로 매달려
미라가 되어 가는 명태
마치 묵언 기도를 하는 것 같다

무슨 죄를 지었기에
이 동지섣달에 입에 재갈 물고
비명도 지를 수 없단 말인가

어떤 놈은 술꾼의 해장국이 될 테고
또 어떤 놈은 제사상에 올라앉아
낯선 이의 절을 받는 것이 고작일 텐데

코다리, 북어, 황태가 되기 위해
긴 겨울 동안 눈 속에서 그네를 타야 한다니
아! 지켜보는 내가 춥고 아프다.

미래가 없는 땅

태어나는 아기는 갈수록 줄어들고
노인 인구는 점점 늘어 간다며
말로만 아기 낳기를 권장하는 나라

아기를 맡아 키워 줄 시설은 부족하고
임산부를 배려하는 마음이 없고
외벌이로 살기 어려운 이 시대 젊은이들

손자손녀 안 키워 주면
자식들 보기 민망해서
보고파도 참아야 하는 이 시대 부모들

어쩌다 아기 하나 콩콩대면
벼락처럼 소리치는 아래층 사람들
이런 땅에서 어떻게 생명이 자랄 수 있을까

머지않아 이 땅은 유령도시
아기 울음소리 하나 안 들리고
거리엔 등 구부러진 노인들만 어슬렁거리겠지.

달걀 껍데기를 벗길 때마다

삶은 달걀을 벗길 때마다 삶을 생각한다
얼마큼 삶아야 적절하게 익었는지
이 속에 어떤 나쁜 물질이라도 들었는지
혹여 생명의 반란은 없는지
그 속을 꿰뚫어 보기란
알 수 없는 내일을 점치는 것과 같다
달걀 껍데기를 벗기는 일도 쉽진 않아
조금만 힘을 주면 살점이 뜯어지고
조금만 힘을 빼면 잘디잘게 바스라지고 말아
쉽게 얻을 수 있는 것은 아무것도 없다
주먹보다 작은 달걀 하나를 쥐고
거대한 삶을 생각한다는 것이 우스운 일 같지만
아침마다 달걀 하나 들고 나는 삶을 깨닫는다.

기다림

열차가 도착하는 시각에 맞추어
좁은 틈에 자동차 엉덩이를 밀어넣고
오늘도 기다리고 있다
돌이켜 보면 수많은 시간 속에
기다림은 늘 나였는데
기다리다 오지 않으면
그냥 돌아섰던 기억도 참 많은데
지금은 내가 발을 뻗는 곳곳에
마치 어린아이를 지키는 엄마처럼
환자를 돌보는 간병인처럼
늘 그림자가 되어 나를 지키고 있다
기다림이란 홀로라는 것
그것을 바라보는 것도 홀로
내가 기다림이 되는 게 낫겠다.

일요일 아침이면

내가 머무는 아래층은 교회
아무도 드나드는 이 없던 그곳
일요일 오전 11시만 되면
어김없이 파문처럼 노래가 번진다

점점 넓게 점점 높게
내 마음을 두드리는 노랫소리
마치 하늘까지 기도가 닿길 바라는 듯
간절함은 절규이기도 하고
부모 잃은 사람의 울음이기도 하다

수많은 교회에서 같은 시각에 올리는 기도
하나님은 어느 소리에 귀를 기울이실까
지금의 나처럼 온갖 소리 모아 듣고
가슴만 졏고 계신 건 아닌지

일요일 아침이면
허공에 퍼지는 기도에
나의 반성과 소원도 얹어 본다.

말랑하게 사는 법

세 살배기 주원이가 네모반듯한 나무토막을 움켜쥐고 비슷한 모양의 구멍을 찾아 끼우려 애를 쓴다. 올렸다가 떨어뜨리고 또 떨어지자 끝내 울음을 터뜨린다. 저 어린아이도 세상이 마음 같지 않다는 것을 알았을까? 눈대중으로 보아 넣을 수 있다고 생각이 든 것일까? 안 되는 일을 자꾸 반복하며 짜증을 부린다. 세상은 그렇게 배워 가는 것이야. 딱딱하면 부러지기 쉽고 다치기도 한단다. 손에 쥔 네모가 말랑했다면 다식판에 반죽을 넣듯 끼워 넣을 수 있었을 텐데. 주원이는 아직 말랑함의 지혜를 배운 적이 없어 한참은 울어야 할 것 같다.

봄나물

우수와 경칩 지났다
흙이 질척한 걸 보니
얼어붙은 가슴을 풀기 시작하는가 보다
양지 바른 곳엔 어느새 파릇한 새싹
나만큼이나 성미가 급한 녀석
내 눈에 띄었으니 너는 "꼼짝 마" 다
몹시 미안한 마음이 들긴 하지만
입맛을 잃으신 어머니 생각에
너를 캘 수밖에 없구나
뿌리에 진흙을 잔뜩 묻힌
달래, 냉이, 쑥, 각시나물
한 바구니에 섞어 담으니
겨우내 담아 둔 이야기들이
바구니 속에서 종일 수런거린다.

부끄러움을 알게 한 당신
—영화 〈동주〉를 보고

그 하늘은 유난히 짙고 밝았다
어린 날 다락방에 누워
천창으로 올려다본
그 하늘보다 별이 많았다

싸늘한 감옥에 갇히어
쇠창살 사이로 올려다본 하늘
별 하나마다 추억을 떠올리고
그리운 이름들을 부르며
시를 지었던 윤동주 시인

그가 고뇌하며 슬퍼했던 현실
자신의 이름을 썼다가
부끄럽다며 지워 버리는
그 시의 장면을 생각하면
너무나 마음이 아파 목이 멘다

어둠보다 막막한 조국의 앞날
어떤 날갯짓도 허용되지 않는
조롱 속에 갇혀 버린 새

시인이란 이름조차 부끄럽게 생각한 그
붓으로 휘두른 저항의 몸짓은
지금 나를 한없이 부끄럽게 한다.

시간 보내기

낯선 곳으로 이사한 지 벌써 일곱 달
책을 보다가, 뜨개질을 하다가
심심함이 풀리지 않아
바느질을 해 본다

시간을 깁듯
한 땀 한 땀
바늘에 정성을 심으며
무엇을 만들어 볼까
고민하고 또 고민을 한다

무엇을 만들어 주든지
좋다고 반길 사람은
외손자 재원이와 딸 세정이

서툰 솜씨로 시간을 깁지만
받아 줄 사람이 있다는 것은
정말 행복한 일이다.

나이 탓일까

米壽의 어머니는 날마다 절기를 세신다
소한 대한 지났으니 곧 봄이 오겠구나
왜 그리도 봄을 기다리시는지
어릴 때는 그 마음을 알지 못했다

춘분이 낼모레인데 왜 이렇게 추울까
빨리 봄이 왔으면 좋겠다
어느새 내가 엄마처럼 말을 하고 있다

봄을 기다린다는 것
머위가 돋아나기를 기다린다는 것
나이가 들어가고 있다는 것임을
이제야 알겠다만

어머니가 내년에도 후년에도
손가락 접어 절기를 세시며
계절 음식을 떠올릴 수 있었으면
어머니의 시계는 언제나 순환이길.

조문

비슷한 시기에 나와 비슷한 병을 얻은
김 시인이 영면에 들었다
얼마 전까지만 해도 나를 위로하더니
먼저 부름을 받은 것이다
부음을 전해들은 우리 딸
마치 어미인 내가 죽은 듯 섧게도 운다
김 시인의 딸과 맞잡은 손 움켜쥐고
엄마를 먼저 보내는 사람과
곧 보내야 할 사람의 서러움
바라보는 나는 할 말이 없다
영정 속의 김 시인도 웃고만 있다
세상은 누구나 만나고 헤어지는 것
좀 더 먼저 가기도 하고
뒤따라 천천히 갈 뿐
누구나 가야 할 길인 것을
나는 김 시인의 부군과 따님의 손을 잡고
말없이 고개만 숙였다.

요즘 사람들은

아는 것이 너무 많아서
잘난 사람이 없는 세상
아는 게 많아도 무식하다는
요즘 사람들

원하는 대학을 가기 위해
죽을 만큼 공부하고
졸업 후엔 직장에서
혼신의 힘으로 살아남기 경쟁

폭풍처럼 인생을 살았어도
마지막 종착역은 농부라니
귀농 귀촌 말하면서
흙으로 돌아가는 사람들이 늘고 있다

농사는 아무나 짓나
또 다른 초보인 걸
그간 삶의 과정 싹 잊고
농부 되기 공부에 또 혼을 뺀다.

봄비 앞에서

가뭄에 과실수를 심고
아침저녁으로 물 주던 농부
이 봄비가 더없이 반가우리라

대지에 뿌리를 내린 모든 생명들
말랐던 목을 축이며
흙속에서 봄의 노래를 부르겠지

어제 어머니를 흙에 묻고 돌아온
가슴이 푹 젖은 상주는
이 봄비가 한없이 무거우리라

누군가에게는 반가움이고
누군가에게는 슬픔의 눈물인
이 봄비를 맞으며
나는 참 많은 생각을 한다.

나무를 심는 마음

100년을 산다는 블루베리 묘목과
천 년도 더 산다는 은행나무를 심고
온 정성으로 물을 주고 다독인다

묘목이 자라서 나무 모양을 갖추고
꽃이 피고 열매가 열리기까지
얼마나 기다려야 할까
내 생에 열매 맛을 볼 수 있을지

내가 죽고 난 후에
아들딸과 손자들이 따 먹을 수 있다면
그보다 기쁜 일이 또 있을까

해마다 여름과 가을이 오면
우리가 심어 놓은 나무 곁에 모여서
소쿠리 가득 열매 담고
할머니 할아버지를 추억하겠지.

손으로 쓰는 편지가 그리운 시대

'카톡 카톡'
빨리 보아 달라며
아기처럼 졸라 대는 휴대폰
말을 걸고 빨리 답이 안 오면
금세 삐치고 말지

손가락 하나면 돼
글씨도 필요치 않아
온몸으로 말을 하는
이모티콘 하나면 돼

우표를 등에 업고
몇 날 며칠을 날아가
기쁨이 되고 기다림이 되던
정겨운 편지는 보기 어려워

머지않아 우리글은 물론
우리말도 사라질까 두려워
이런 말을 하면
어느새 구식이 되고 말지.

나이를 먹는다는 것

나이 들면 세상을 가려서 보라고
눈이 어두워지는 것이라는데
갑갑함에 자꾸 눈을 비비고
유리를 덧대 세상을 보려 한다
보아선 안 될 것들
들을 필요가 없는 것들
억지로 보려 하고
강제로 들으려 할수록
마음에 병이 커지는데
자꾸만 귀도 닦고 싶고
안경을 닦고 싶다.

이사 가는 날

마당을 사이에 두고 다른 집에 살던 어머니
구순을 앞둔 고령임에도 혼자 살겠다고 우기시더니
이젠 기력이 쇠하셨는지 같이 사시겠다고 한다
아들이 둘, 딸이 하나
아들 집은 마다시면서
딸하고 사는 것을 망설이신다

"자식이 둘이나 있는데 내가 왜 사위하고 살아? 남이 흉볼 텐데."
요즘 세상에도 아들이 자식이고
딸은 출가외인
사위는 손님이라니

하나의 집으로 두 집이 이사하는 날
어머니 보따리는 참으로 올망졸망하다
팔십여 년을 간직했던 반짇고리부터
삼 남매 유년의 추억까지 싸들고 일어선 어머니
정작 당신을 위해 아껴 둔 것은 하나도 없음에
가슴이 먹먹해진다

찌그러진 양은냄비와 때 절은 플라스틱 바가지도
차마 버리기 아깝다며
들었다 놨다 수없이 하시더니
갑자기 모두 버리라신다

"내가 죽으면 다 네가 버려야 하는데 널 힘들게 할 필요가 있니?"
결국 그것조차 자식을 위하는 마음
어머니는 이제 날마다 나와 함께 밥을 먹고
같은 천장을 바라보며 꿈을 꿀 것이다.

봄맞이

흙속에 잠자던 수많은 생명들
햇살의 입김을 먹고
세상을 향해 고개를 쳐든다
해마다 보았던 일이건만
유난히 찬란한 봄
어둠에 갇힌 씨앗처럼
희망을 꿈꿀 수 없었던 시간들
겨울이 풀리고 봄이 오듯
내 마음에도 봄이 오려나.

모두 돌고 도는데

열차는 섰다가 다시 가고
사람이 내리고
그 자리엔 또
낯선 사람이 앉고

차창 밖으로 가을이 일렁인다
머지않아 흰 눈이 덮일 테고
순환하는 계절처럼
인생도 돌고 도는 것이겠지

나의 계절은 지금
가을일까
겨울일까
또 봄을 기다려도 되는 것일까

내가 떠난 자리엔
또 누가 와서 앉을까
많은 시간이 지나면
다시 돌아와 앉을 수 있을까.

오월 나들이 2016

진분홍 페츄니아를 손끝으로 쓸며 걷는
우리 선생님의 손끝을 바라본다
빨갛게 물든 손톱
다시 노란 꽃잎을 쓰다듬는다

오른손 왼손 번갈아 가며
붉었다가 노래지는 꽃빛
그늘 빛에 금세 지워질 테지만
자꾸만 눈길이 간다

진분홍 꽃을 보며 감탄을 뱉어 내는
오월의 시인들
아카시아 향내를 모으듯
꽃가루 같은 말들을 긁어모으며 생각한다

팔순을 넘긴 우리 선생님
내년에도 후년에도 함께하셨으면…
내가 떠난 뒤에도 내가 앉았던 자리에
색색의 꽃향기가 남아 있었으면…

배불리 점심을 먹고
부천 하늘을 바라보며
노래를 듣고 시를 읊고
또 선생님으로부터 시 낚는 법을 들었다

—쫓겨나온 뒷집 여자 같은 측백나무
머리가 다 쥐어뜯긴 채
여기에 나와 있었구나.

선생님의 즉흥시를 받아 적으며
모두 공감의 끄덕임을 했다
꽃과 더불어 측백나무를 바라보며 웃던
오월 한낮 나들이는 오래 기억에 남을 것 같다.

망각의 동물

사람은 망각의 동물이다
하늘만큼 큰 은혜를 입고도
시간이 흐르면 아무 일 없던 듯
곧 잊고 마는 것을

고마움을 읊조리며
땅 닿도록 절하고
또 절을 했지만

바람이 지나간 들판에
풀이 일어서듯 고개가 들리면
땅을 보던 시절은
까맣게 잊고 말지

망각한 사실조차
망각하고 사는 게
우리 삶인가
인간은 정말 망각의 동물인가.

제2부

촛불을 들고

길을 나서면

어디로 가고 있는 것일까
더듬이는 향방을 찾아 촉을 세우지만
힘 잃은 발길은 제자리걸음
한참을 생각하고 나서 다시 길을 간다

제대로 가고 있는 것일까
자꾸 흐려지는 기억 속에서
표지판이 사라진 거리에 선 듯
오늘도 갈팡질팡 헤매고 있다

판단의 회로가 망가진 것 같다고 하자
친구는 말한다

—나는 툭하면 TV 리모컨을 냉동시키고
  가끔은 쓰레기봉지 들고 마을버스도 탄다—

1호선 지하철을 타고 종로3가역에 내려
3호선으로 갈아타야 하는데
나는 지금 어디로 가는 것인지
자꾸 계단만 올라갔다 내려갔다
길을 나서면 연기 속을 헤매는 것 같다.

흙을 만지면서

문명이 발달할수록
태어나는 아기는 점점 줄고
노인의 수는 나날이 늘어 가니

머지않아 지구는
일할 사람이 없어
태초의 자연 상태가 될 거야

젊은이들은
아기 낳는 것을 두려워하고
사람들은
늙어 죽는 것을 겁내는 세상

우리 모두는
자연에서 왔다가
자연으로 돌아가는
순리의 법칙을 따라야지

나도 흙으로 가서
누군가의 밥이 되어야 하고
또 다른 생명을 지켜야 한다는 것을
흙을 만지면서 알게 되었지.

감꽃이 피었다

어머니가 좋아하는 단감나무
몇 년째 죽은 듯 숨도 안 쉬더니
올봄 파릇파릇 움이 트기 시작했다

오월이 가고
유월이 되자
여남은 개의 감꽃이 맺혔다

추운 지방에서는 살 수 없다는 나무
밤낮 기온차가 심한 우리 동네 동막골
겨울이면 냉해에 얼어죽고 마는데
손님처럼 찾아온 감꽃이라니

어릴 땐 감나무 밑에서
흔하게 줍던 꽃이건만
목걸이를 만들고 소꿉놀이도 하던
그 노란 꽃이 이렇게 귀하고 반가울 줄이야.

모기의 공습 사이렌

또 잠을 설치고 말았다
불을 끄고 눈만 감으면
어디서 날아오는지 귓가에서 앵앵앵
잠이 들려다 그만,
불을 켜고 눈을 크게 떠 보지만
그놈의 실체는 보이지 않고 잠만 달아난다
억지로 책을 들여다보며 간신히 잠을 불러
다시 불을 끄고 눕는다
또다시 귓가에 앵앵 우는 소리
끝내 날밤을 새고 말았다
만물의 영장이라는 인간이
대포나 미사일이 날아오는 것도 아니고
단지 앵앵거리는 모기 울음소리에
두 손을 들고 일어서야 하다니
세상에 인간보다 나약한 존재가
또 있을까 생각해 본다.

당신의 소원

아버지는 어린 내게 변호사가 되라 하셨다
변호사가 뭐하는 사람인 줄도 모르는 내게
말을 잘하는 사람이 변호사라고 했다
또래들보다 말을 잘 했던 모양이다
그리고 약한 사람을 돕는 거라고 했다
아무것도 모른 채 나는 그때부터
변호사가 되겠다고 다짐을 했다
허나 소원이 모두 이루어질 수 없다는 것을
깨닫기까지 오래 걸리지 않았다
세상을 살아가기가 녹록치 않았던 아버지
당신처럼 살지 않기를 바랐던 마음이었으리
나는 변호사가 되지는 못했지만
언제 어디서나 옳지 않음을 말할 수 있는 사람
잘못됨을 따져 고치는 사람으로 살고자 했다
때로는 오해와 미움을 받기도 하지만
나는 그것이 당신의 소원이라 믿고 있다.

돌아보니

단 하루만 떨어져도 죽을 것 같던 날들이 있었지
사랑이라는 굴레 속으로 들어간 날부터
인연의 넝쿨은 점점 넓게 뻗어나가
호박넝쿨처럼 얽히고설킨 풀밭
잠시만 외면해도 끊어지고 말 것 같아
그 줄을 놓치지 않으려 꽤나 쳤던 몸부림
세상의 주인공은 바로 나인데
주변에 얽힌 넝쿨 때문에
정작 나의 삶이 무언지
나의 길은 어느 것인지
바람에 밀리는 구름처럼 살고 말았으니
이젠 모두 다 내려놓고 싶다
이젠 내 삶의 주인공으로 살아 보고 싶다.

아이의 울음

진료를 기다리는 병원 복도에 벼락 치는 울음소리
열 살 남짓한 사내아이가
채혈실 앞에서 온몸을 비틀며 울어 댄다

문어처럼 빨판을 세우고 발을 붙인 채
어찌나 아프게 울어 대는지
사람들 눈이 거기 다 모였다

보기에도 병색 짙은 아이
당뇨 검사 피를 뽑아야 한다는데
팔을 오므리고 내놓질 않는다

간호사 여럿이 어르고 달래고 겁을 주고
별의별 방법을 다 써도
아이는 절대 거부

그 고통 얼마나 겪었으면 저럴까
내 살을 찢는 것처럼 아픔이 느껴진다
아파 본 사람만이 알 수 있는 고통

아이의 엄마는 표정도 없이 천장만 본다
날더러 다시 항암주사를 맞으라면
나도 저 아이처럼 싫다고 할 것이다

세상을 다 알아버린 아이 앞에서
구경하던 사람들
소리 없이 눈물만 훔친다.

우체국 앞에 서면

펜팔이 유행하던 시절엔
마을 어귀까지 나가서
집배원 오기를 기다렸다

얼굴도 모르는 벗으로부터의 편지
정성 가득 담긴 손 편지를 읽으며
상상의 나래를 펴고
미지의 벗 얼굴을 떠올리곤 했다

인터넷과 휴대폰이 넘쳐나는 요즘
손으로 편지를 쓰는 사람도 줄고
우표를 붙여 보내는 사람도 드물다

기다림이었던 집배원은
각종 고지서만 나르고
보험증서와 택배 나르기에 바쁘다

나는 지금도 우체국 앞을 지날 때면
빨간 우체통에 무엇인가를 넣고 싶고
얼른 들어가서 예쁜 우표를 사고 싶다.

목계다리를 지날 때면

언제나 똑같은 모습으로 흐르는 물
깊이를 알 수 없는 저 강을 바라볼 때면
자꾸 아버지 얼굴이 떠오른다

어두운 흙속에서 긴 잠에 들었던 아버지
25년 만에 한 줌 가루로 돌아와
목계다리 맑은 물에 발을 담근 날
하늘과 마주하며 강물이 되었다

진작 놓아드릴 것을……

불러도 불러도 대답 없어
가슴 뜯는 고명딸의 슬픔 아랑곳없이
물결 따라 춤을 추듯 그렇게
자유가 좋아, 자유가 좋아
노래하듯 그렇게 그렇게

목계다리를 지날 때면
그날 그 모습이 생각나
두 눈 크게 뜨고 넓은 강을 훑으며
내 아버지를 찾는다.

눈을 감고 말았다

가슴팍을 훤히 드러낸 채
꾹꾹 눌러 담은 비밀스런 사연을
하늘 향해 항변하듯 내보이고 있는
비에 젖은 나의 책들

반 지하에서부터 10층까지 오르내리던
열 번의 이사에도 함께했던
나의 분신
나의 생명

한순간의 부주의로
할 말을 잃게 만든 이 상황
암 선고를 받았을 때보다
더 아픈 것은 왜일까

젖어 버린 책처럼
내 마음도 무거워져
나는 눈을 감고 말았다
온몸으로 울고 싶다.

선물 같은 소나기

비 갠 오후
문득 고개 들어 하늘을 본다
젖은 날개 털고 일어선
잠자리 떼 한 무리
국군의 날 비행 시범 같다

총알처럼 지나간 소나기
순간의 통곡을 쏟아 낸 하늘은
아무 일 없었다는 듯 해맑게 웃고
물방울 맺힌 나뭇잎 사이로
매미 소리 급하기도 하다

더위를 잠재운 빗줄기
사람들은 수런대며 거리로 나오고
땡볕 아래 처져 있던 풀들
한낮에 내린 선물에 축복을 느낀다.

하얀 종이만 보면

한 달이 끝나는 날이면
달력을 곱게 뜯어
손자 재원이 주원이를 생각하며
고이 접어 높이 올려 둔다

저 넓은 바닥에 무엇을 그릴까
무엇을 담아낼까
아이들 머릿속에 담긴
무궁무진한 세상이 옮겨지겠지

도화지가 흔한 요즘 세상에
달력 한 장 찢어 놓고
손자들을 기다리는 할미가 또 있을까

하얀 종이만 보면 아까운 생각
차마 버리지 못하고
기약 없는 손자들을 기다린다.

아침밥을 지을 때면

철부지 어린 나는 밥그릇 가득
어머니의 새벽잠이 담겨 있음을 몰랐다

도마 위에 누운
어머니의 세월
어머니의 한숨
나는 정말 알지 못했다

참으로 많은 밥그릇을 비우고 나서야
김이 모락이는 사랑을 알게 되었고
새벽밥을 짓는 어미가 되고 나서야
내 어머니의 새벽잠이 생각났다

그것이 얼마나 힘들고 고단한
어머니의 새벽인 줄도 모르고
투정을 부리던 때가 있었으니

아! 어머니
어 머 니.

동전 같은 세상

세상은 앞뒷면의 동전과 같지
행복과 불행 그리고 기쁨과 슬픔
이분의 일이란 확률은 늘 정해져 있는 것

어떤 이는 던지기만 하면 앞면
또 어떤 이는
뒷면만 나온다며 투덜대지만

확률은 어쩔 수 없는 것
웃는 사람과 우는 사람은
언제나 공존한다

오늘의 불행은 내일의 행복이 될 수 있으니
동전 하나 손바닥 위에 올려놓고
크게 웃어 볼 일이다.

촛불을 들고

붉은 함성이 머물던 시청 앞 광장
오늘은 붉은 눈물이 방울방울
소리 없는 외침이 되어
밤하늘을 향해 섰다

거센 바람에 빛을 잃을까
종이컵 속에 불빛을 감싸고
숨소리도 낮추는 밤
어둠은 일렁이는 촛불 속에 잠겨 버렸다

낮게 엎드려 올리는 기도
서로 말은 안 해도 뜻은 하나
하늘까지 닿기를 소망하며
사람들은 말없이 걷고 또 걷는다

촛불 행렬들의 기원은 하나
우리나라 만만세
세계 평화 이루고
너도나도 잘 살아 보자.

흔적

이미 오래전 흙으로 간 친구는 이젠 아무도 부르지 않는다
오늘 문득 낡은 수첩을 뒤지다
친구의 시부모가 살던 옛집 주소를 만났다
충남 부여군 남면 송암리……
지금 당장 편지를 보내면,
맛난 음식이나 정 담긴 선물을 보내면
금방 잘 받았노라고 답이 올 것만 같은 주소
지금은 먼 나라에서 나뭇잎 같은 문패 하나 걸어 놓고
이 땅에서의 인연을 추억하고 있겠지
그가 남긴 웃음의 색채가 너무 짙어서
그가 파놓고 간 우정의 샘이 너무 깊어서
차마 버리지 못하고 간직한 이름
휴대폰에도 이메일 주소록에도
사망신고가 되지 않은 채 눈을 깜박이고 있다
거기에서도 이 땅의 이름으로 불리는지
허공에 대고 크게 불러 보고 싶다
한 사람이 살다 떠난 흔적은
이렇게 낡은 수첩 안에 적힌 이름 석 자뿐인 것을
우리는 긴 세월 동안 참 힘들게 살고 있구나.

순수를 잃어 가는 슬픔

어린 날 자장면 한 그릇은 가장 큰 행복이었다

새까만 양념을 뒤집어쓰고 달려온
윤기 자르르 흐르는 국수가 앞에 놓이면
입에 넣기도 전에 침이 한가득 고여
그 어떤 것도 부럽지 않았는데

백 점짜리 시험지를 들고 달려온
딸과 아들에게 엄마가 베푸는
최고의 칭찬이며 상이었는데

언제부턴가 그 맛난 자장면이
주머니 가벼운 날 음식으로 바뀌고
아무런 감흥도 없이 먹게 되었을까

어른이 된다는 건
기다림과 설렘이 무뎌지는 것
자장면 맛을 잊어 간다는 것
참으로 슬픈 일인 것 같다.

4월에 나는

거리에 내걸린 색색의 연등을 볼 때면
연꽃 피던 날 저세상으로 떠난 네가 생각난다
법 없이도 살아갈 착한 사람이었는데
밤낮으로 백팔염주를 꿰며
남을 위해 기도도 많이 하더니
돌확 속에 연꽃이 벙글던 날
어쩜 그리도 허무하게 눈을 감아 버렸는지
잠시 이 땅에 자비를 가르치러 왔던 것처럼
남은 사람들 가슴에 그리움과 사랑을 심어 놓고
바람처럼 가서는 때때마다 허공에서 웃는다
연등마다 매달린 소원의 꼬리 팔랑대면
염주를 세듯 그 소원들을 읽어 본다
건강을, 합격을, 감사를, 영원한 행복을…
수많은 기원들이 꽃등에 매달리는 4월이 되면
나는 두 손을 모으고
다시 너의 명복을 빈다
부디 저세상에서는 많은 복을 받고 아프지 않기를.

기적을 기다리며

별이 되어 웃고 있는 아이들아!
수많은 밤과 낮이 지나도
너희들의 잠은 깰 줄 모르는구나

하루아침에 별무리가 되었다니
하늘조차 올려다보기 미안해
땅만 보며 울고 있단다

세상이 놀라고
모두가 말을 잃었던 그날
그 잔인한 사월을 차마 잊지 못해
오늘도 두 손 모아 기도를 해 본다

봄이 되면 나무에도 물이 오르고
얼음에 눌렸던 생명들도 고개 드는데
기적처럼 살아서 돌아와 달라고
어느 새벽 유성이 되어
엄마 품으로 꼭 돌아오라고.

위로의 말

시간이 참 원망스럽고 밉지요
오래 간직하고 싶은 얼굴을
자꾸만 밀어내려고 하는 그 시간이 미워
시곗바늘을 붙들고 싶을 때도 있지요

하지만 가슴속 그리움의 샘은
시간이 갈수록 더 푸르게 출렁이고
영원히 마르지 않을 겁니다

당신이 부르는 소중한 그 이름
오래오래 가슴에 뿌리 내려
무성한 나무로 자라겠지요

당신이 가슴에 품고 놓지 못하는 것처럼
하늘에 있는 당신의 아들과 딸도
당신을 잊지 못할 겁니다

당신의 그 눈물을 기억하고
지금 이 순간도
당신을 그리워할 겁니다
이젠 눈물을 거두소서.

문상 가는 길은 언제나 망설임이다

장마가 끝난다는 일기예보가 있던 날
가까운 지인의 부음을 들었다
여름에 어울리지 않는 검정색 옷을 찾아 입고
절을 해야 하나, 묵념을 해야 하나
누구 같이 갈 사람은 없나

언제나 문상 길은 망설임이다
내 식으로 인사를 해야 맞는 건지
그 집 종교에 맞춰야 하는 건지
서러운 나이에 생을 마감한 고인의 넋을 기리고
명복을 비는 의식의 절이건만
영정 앞에 서면 어김없이 망설임이다

헌화를 하고 묵념을 하기로 마음먹었는데
느닷없이 같이 간 사람이 엎드려 절을 하면
엉거주춤 무릎을 꿇고 따라 해야만 한다
맥없이 서 있던 상주들도 엎드려야 하고
결국 어색한 인사를 나누게 된다

인사야 어찌됐든 삼가 고인의 명복을 빌고
남은 가족들께 위로의 말을 전한다.

슬픈 동창회

남편 친구의 부음을 듣고 함께 문상을 갔다
아직은 아까운 나이라며 믿을 수 없다는 듯
하나 둘 친구들이 모여든다
고향에서 함께 나고 자란 사람들
오랜만에 만났다며 야단법석
친구의 영정 사진을 뒤로한 채 악수하기 바쁘다
니 얼마 만이고?
한 40년은 된 것 같다
무슨? 50년 안 됐나?
그래? 니 하나도 안 변했네
내는 니 몰라보겠다
곁에서 보는 내 눈엔 모두가 반백의 노인인데
서로 변하지 않았다며 아이들처럼 깔깔거린다
살아서도 친구를 좋아했다는 고인이
사진 속에서 빙그레 웃는다
세상을 떠나며 마지막으로 친구들을 불러모아
동창회를 열어 준 고인에게 친구들은 말한다
윤성아! 이래 불러 줘서 고맙대이
좋은 데 가서 아프지 말고 잘 놀고 있그래이
우리도 곧 갈끼다.

제3부

행복의 무게

기침

새벽이면 어김없이 싸워야 하는 기침
삼켜선 안 되는 말이라도 삼킨 듯
목안을 간질이며 튀어 오른다

온종일 저 밑바닥에 움츠리고 있다가
모두가 잠든 새벽
아무도 몰래 살금살금 기어 올라와
냅다 목 고개에서 재주를 넘는다

온 힘을 다해 뿜어내 보지만
금세 또 다른 녀석이
파도같이 치고 올라와
분수처럼 사방으로 뿌려진다

절대 삼켜선 안 될 것들을 삼켰나 보다
말, 생각, 음식, 그리고 욕 등등
소화가 안 된 녀석들이 새벽이면
멀리 달아나기 시합이라도 하는지

개구리처럼 움츠렸다 펴는 몸짓으로
목 고개를 넘는 발길질을 해댄다
내일은 오늘보다 더 가려서 삼켜야겠다.

풍요 속 빈곤

예전엔 너나할 것 없이 가난한 살림살이
하나밖에 없는 장롱도 채우지 못해
아이들은 그곳에서 숨바꼭질을 했다
곳간과 쌀독은 항상 헐렁했지만
허기에 지친 웃음은 해맑기만 했다
음식물쓰레기라는 이름도 몰랐고
사람이 남겨 줘야 가축들도 먹을 수 있었으니
남김이 아니라 나눔이었지
넉넉하진 않았어도 방 안 가득 웃음이 출렁였고
꼬르륵거리는 배를 쥐고도
하염없는 옛이야기에 날 새는 줄 몰랐다
지금은 곳곳에 먹을 것이 널리고
자고 나면 내다 버리는 것 천지라도
웃음은 늘 가뭄이고 인심은 굴속에 갇힌 돌처럼
고개 들지 못하니 안타까운 일이다
모든 것이 풍요롭고 흔한 세상이라지만
가족 간의 사랑과 이웃 간의 정은 점점 말라 가니
풍요 속에 빈곤이 바로 오늘이 아닌가 싶다.

이 가을에 나는

단풍이 곱다
울긋불긋 색색의 잎들
운동회 날 펄럭이는 만국기 같지만
왠지 마음이 아프다

저 고운 모습의 단풍
가슴에 얼굴에 손등에
온통 피멍이 든 것 아닐까
고되게 산 증표가 아닐까

알록달록 화려한 옷을 입고
여행을 떠나는 나뭇잎들
고운 수의를 입은 것 같아

내 삶의 마지막 여행도
저처럼 찬란할 수 있을까
저들처럼 치열하게 살았다고 말할 수 있을까.

삶은 누구나 힘든 것이다

숨을 쉬기 위해 사는 것인지 살기 위해 숨을 쉬는 것인지
가끔은 혼란스러울 때가 있다

숨을 쉬기 위해 사는 것도 힘들고
살기 위해 숨을 쉬는 것 또한 여간 힘든 것이 아니다

청둥오리 한 무리가 물에 떠 있는 풍선 같다
물 밑에선 살기 위한 자맥질이 쉼 없다
마치 싱크로나이즈드 스위밍처럼
숨을 쉬기 위해 입을 벌리는 것이
남들 눈에는 웃는 모습으로 보이는 것과 같이
살기 위해 끊임없는 자맥질을 하며
수평을 유지하는 오리들
사람들은 한가롭게 동동 떠 있다고 말한다

저들은 긴 겨울 동안 얼음물에 발을 담그고
멈추지 않는 시곗바늘처럼 발을 움직여야 산다
마치 우리가 살기 위해 잠시도 숨을 멈출 수 없듯이
보기에 좋고 아름답게 보이는 것들의 뒤에는
참을 수 없는 아픔과 견딤이 있다.

이제야 그 고마움을

빈 라면상자 바닥에 신문지를 깔고
몸에 붙은 흙을 곱게 털어
딸을 시집보내는 마음으로 고이 담는다

그 무덥던 여름과 장마를 견디고
주렁주렁 뿌리를 매달고 나온 고구마
발그레한 고놈들 손에 들고 해처럼 웃으면
종일 굶어도 배고픈 줄 모르겠다

예전에 누군가 내게 보내준 감자와 푸성귀
그때는 그렇게 귀한 것인 줄 모르고 먹었는데
내가 땀 흘리고 가꾸어 남을 주려니
어찌나 소중한지……
정말 귀한 사람에게만 주고픈 마음이다

농부의 땀과 수고를 모르는 사람에겐 줄 수 없어
받을 사람의 얼굴을 떠올리며 주소를 적는다

어머니는 아까움 없이 온갖 것을 주셨는데
이제야 그 마음 알 것 같다
내가 어머니의 가장 소중한 사람이라는 것을.

효자동 사람들

거주민보다 지키는 사람이 많은 동네
툭하면 방패 든 경찰들이 벽을 쌓는 곳
어쩌다 찾아오는 손님이라도 있을라치면
전화기에 대고 연신 설명을 해댄다
신분증 꼭 넣고 오세요
오다가 검문을 받게 되면 반항하지 말고 응하세요
이상한 물건 가방에 넣고 다니지 말고
이곳은 언제나 경찰이 많으니 놀라지 마세요
나라님이 사시는 동네다 보니
낯선 사람 경계하는 것은 당연한 일
때론 불편도 하련만 이 동네 사람들은
지킴이가 많아 좋은가 보다
아무도 불평하는 이가 없어
정말 특별시민처럼 보인다.

새해에는

더 감사하고
더 낮추며
더 큰마음으로

나보다 더 아프고
더 외로운 사람
그리고 슬픔에 잠긴 이웃을
가슴으로 품어야지

내가 누리는 삶에
늘 감사하고
가진 것 나눌 줄 아는
따뜻한 이웃이 되어야지

나를 사랑하고
너를 사랑하고
우리 모두를 사랑하는
행복한 해가 되기를 빌며.

넋두리를 듣다

15분마다 마을버스가 들어오는 종점엔
기사들의 푸념이 연기를 피운다

골목에 세워진 차가 많아 간신히 올라왔다
공영주차장을 만들어 줘도 왜 길바닥에 차를 세우는지
그깟 눈 조금 내렸다고 버스가 썰매를 탔다
차비를 안 내고 타는 학생들 때문에 머리가 아프다
개를 안고 타는 여자 때문에 싸웠다
날마다 같은 시각에 차를 타는 손님이
호떡을 사 줘서 고마웠다는 등등

10분 만에 다 털어놓기엔 너무 많은 이야기들
1분만 늦게 도착해도 욕이 바가지로 쏟아진다며
다시 또 낡은 버스의 시동을 건다

동네 가장 높은 언덕에 자리잡은 종점
그곳엔 종일 버스에 실렸던 넋두리들이 다리를 편다.

감춰진 마음

제주도 광치기 식당 앞 수족관을 들여다보던 어머니는
"방금 잡아온 해삼이라 그런지 싱싱하다."
'해삼' 이란 말에 힘을 주어 말을 하신다
평소 오징어 외엔 생선을 즐기지 않던 어머니
"해삼 잡수실래요?"
"싫다, 난 그런 거 안 먹는다."
"그럼, 성게칼국수나 전복죽 잡수실래요?"
어머니는 골난 아이처럼 고개를 좌우로 흔들며 자꾸 싫다신다
마지못해 성게칼국수를 주문하고 허공에 눈을 두신 어머니
엄마 몰래 주문한 해삼이 나오자 환해진 얼굴
눈보다 먼저 젓가락이 나간다
"그렇게 드시면서 왜 안 잡수신다고 했어요?"
……
"느이 아버지가 좋아하던 거라서."
아! 이 짧은 생각이라니,
어머니는 정말 해삼을 싫어하시는 줄 알았다
"엄마! 많이 잡수세요."
"너도 많이 먹어라 칼국수도 참 맛있구나."
감춰진 엄마의 마음 알기가 참 어렵다.

수취인 불명

한 군데 오래 살지 않고
이사를 자주 다니는
요즘 사람들
주소록이 성할 새가 없다
오늘도 우편함엔 반송된 우편물
완주를 하고 돌아온 마라톤 선수처럼
온몸이 땀으로 젖어 숨을 헐떡인다
걸리는 것 많아 쉽게 이사를 못하는 나는
요즘 사람이 아닌가 보다
돌아온 우편물을 끌어안고
새 주소를 알 때까지
깊은 잠을 재워야 한다.

행복의 무게

캄보디아 씨엠립 대중교통 툭툭이
툭툭이 기사 하루 벌이는 미국 돈 12달러
팁까지 합쳐야 14달러 정도를 번다
그것도 한 달 내내 버는 것이 아니고
평균 15일 정도 일을 한다는데
일을 하는 내내 행복한 미소가 얼굴 가득
그들의 만족도는 매우 높다
적게 벌면 적게 쓸 줄 알고
작은 것에 감사할 줄 아는 사람들
그들을 보면서 내가 느끼고 있는
나의 행복의 무게를 가늠해 본다
덕지덕지 붙은 욕심을 빼면 저들처럼
환하게 웃을 수 있을까.

앙코르와트 거기엔

세월에 눌려 주저앉은 돌덩이 사원 앞에
두 손을 모으는 사람들
각자의 기원은 다르겠지만 나는,
당시 절을 세웠던 인부들과
거대한 돌을 짊어지고 언덕을 오르며
인간들을 원망했을 코끼리를 위해 손을 모은다
무더위 속에서 얼마나 힘들었을까
인간의 욕심은 참으로 끝이 없구나
그리고 말할 수 없이 잔인하구나
마음이 아파 할 말을 잃었다
거대한 사원이 놀라워서가 아니고
코끼리 정원이 멋있어서도 아닌
인간이 인간을 부렸을 그 잔혹함에
차마 입을 다물 수가 없다.

원 달러

"싸요 원 달라."
구슬 팔찌 한 묶음 들고 나를 멈춰 세우던 소리
조가비만 한 손바닥을 펼치고 서서
까만 얼굴에 이슬처럼 대롱거리던
캄보디아 앙코르와트 흙길 위
꼬맹이의 눈을 지울 수 없다
젖먹이 아이를 품고 스카프 몇 장 흔들며
끝까지 따라와 애절하게 외치는
귀에 쟁쟁한 소리
세상에서 가장 슬픈 세 음절
원 달 러.

4월에 내리는 비

봄내 가뭄이 들어
코끼리 등짝처럼 말라 버린 땅
한순간에 내리꽂는 수많은 침들
대지는 아픈 듯 꿈틀거리더니
마법 같은 세상을 보여 준다

바늘처럼 땅속에 꽂힌
봄비
신비의 침이었나 보다

주검처럼 누워 있던
생명들을 깨우고 일으켜
연둣빛 축제의 장을 열었다

아! 조물주의 힘이라니……
우리 인간은 그저
기다리며 사는 수밖에.

비누

세상살이 시끄럽고 힘겨울 때는
두 손에 비누를 꼬옥 쥐어 볼 일이다

어두운 욕실에 갇히어
골이 난 듯 숨을 죽이고 있다가도
손만 내밀면 금세 마음이 풀어져
제 살 다 녹이고 마는 비누

살갗에 매달린 먼지와
고막에 붙은 귓속말까지
말끔하게 씻어 주면

털끝에 붙은 아픈 기억까지도
죄다 거품 속으로 숨는다

마음이 무겁고 생각이 찌들어 버린 날
두 손에 꼬옥 비누를 쥐어 볼 일이다.

춘천 가는 길

햇살 좋은 오월 하루 춘천 가는 전차에 올라
설렘 안고 창밖을 본다
덜커덩거리던 기차 대신 전차로 바뀌어
마주앉은 사람과 눈이 만난다

수많은 젊은이들이 놀러오던 곳
강촌역과 대성리를 지날 때
멀리서 통기타 소리 들리는 듯하다
옛날에는 열차 칸칸마다 젊음의 함성
노랫소리 울려 퍼지고 신이 났었는데

내 앞에 앉은 사람들은 대부분 노인들
흰 머리카락을 모자 속에 숨기고
등산 가는 차림들이다

돌아오는 길엔 가방마다 나물이 가득하다는 말
이 시대를 살아가는 노인들의 시간 보내기
공짜 전차를 타고 상봉역에서 춘천까지
오늘도 나물 뜯으러 가는가 보다

나도 그들의 그림이 되어
그 옛날 꿈을 찾아 자꾸만 창밖을 본다.

사람의 마음

작년에는 광화문 앞 큰 길이 물에 잠기더니
올해는 잠깐 내린 비에 강남 일대가 물바다란다
이리저리 허둥대는 행인들과
옴짝달싹 못하는 자동차를 보고
사람들은 혀를 차며 말을 한다

"땅값 비싼 데 사는 사람들도 비 앞에선 별수 없군."

전철역에서 마을버스 타고 한참을 올라
다시 걷고 또 걷는 산동네 사람들
비가 많이 오는 날이면 위안을 한다

세상은 공평한 것 같다고
지대가 높아 걷기는 힘들어도
물에 잠길 일은 없으니 다행이라고.

나팔꽃을 보며

온몸으로 열을 뿜어내는 담장을
손끝 발끝 모두어 움켜쥐는 나팔꽃

그 오묘한 색의 조화를 등에 업고
밤이면 달을 향해 오르고 또 오르고
투박하고 거친 벽을 기어올라
스스로의 존재를 확인한다

이 넓은 지구 한 귀퉁이에
홀로 발 딛고 서 있는 나
나의 존재는 무엇일까
저만큼의 노력을 하지 않은 것이 부끄러울 뿐

무서운 속도로 번지는 이 덩굴 꽃이
사다리만 있다면 하늘도 움켜쥘 것 같은데
성공을 이루었다는 세상 사람들
나팔꽃처럼 밤을 낮 삼아 살았기 때문이리

이 밤도 하늘 향해 암벽을 타는
나팔꽃 닮은 사람이 숱하게 있을 텐데
나는 왜 생각만 하고 아무것도 하지 않는 것일까.

동그라미 속에 갇힌 기억들

달력을 한 장씩 넘길 때마다
동그라미 속에 갇힌 숫자들이 기지개를 켠다
엄마의 생일
남편의 생일
그리고 아이들의……
아버지 제사와 병원 가는 날
잊어서는 안 되는 날들이라고,
도망갈 일 없는 숫자들을
두 겹 세 겹으로 울을 치고 가두었다
기억해야 하는 것들은 점점 늘어 가고
기억의 저장고는 점점 줄어들어
작은 것 하나까지 달력에 적고
또 동그라미를 친다
빨강으로 파랑으로 점점 짙고 굵게
기억은 날이 갈수록 더 많이 갇히고
언젠가는 가둔 사실조차 기억을 못하면 어쩌지
불안과 두려움을 안고 달력을 자꾸만 들여다본다.

낡은 수첩을 뒤적이다

서랍 속에 잠들어 있는 오래된 수첩을 펼친다
내 아이들 어렸을 때 함께 놀던
먼저 살던 동네 이웃들
의정이네 환성이네 그리고 세원이네……
자주 배달을 시켜 먹던 중국집과 통닭집 전화번호
25년이 지났건만 어제인 듯 눈에 선하다
지금 그들은 어디서 무얼 하고 있을까
문득 그 옛날 푸르던 날들이 그리웁다
적은 음식을 나누고 수다로 시간 가는 줄 몰랐던
별로 재미있지도 않은데 자꾸만 웃음이 나던
나의 삼십 대가 문득 생각이 난다
지금도 이 번호로 살고 있는지
전화라도 한 번 걸어 볼까
이십여 년이 훌쩍 지난 그곳의 이웃들이
낡은 수첩 속에서 아직도 웃고 있다.

내 눈에 가둔 그림

사람들은 한쪽 눈을 지그시 감고 순간을 가둔다
시간을 멈추고 싶음일까
이리 찍고 저리 찍고
연신 사진기 배꼽을 눌러 대면
늙어 버린 정자의 빛깔과
세월을 품은 향원정 풀빛 숨까지
동그란 저 눈에 오롯이 담을 수 있을까
사람들은 자꾸만 오늘을 멈춰 세우려 한다
나도 누군가의 사진기 속에 갇히어
오늘의 모습으로
영원히 살고 있는 것은 아닌지.

이 가을에 벚꽃이

태풍 볼라벤이 쓸고 간 들녘
열매를 빼앗긴 나무들이
미친 듯 다시 꽃을 피워 냈다
시간을 잊어버린 듯
구월 들녘에서 웃는 건지 우는 건지
다시 봄을 만날 수 있을까
열매를 다시 키울 수 있을까
벚꽃, 배꽃, 매화꽃……
이 가을에 피어난 봄꽃들이
왜 그리 애처로운지
아이를 잃은 엄마가
서둘러 또 아이를 가진 것만 같아
자꾸만 목이 멘다.

제4부

마음을 전하는 법

고구마 캐기

넝쿨을 걷고 두둑을 덮은 비닐을 걷어 올리면
촉촉한 흙이 수줍은 듯 몸을 뒤튼다
호미를 세우고 아끼듯 흙을 긁어 내면
바알간 속살을 내보이는 고구마
반가운 마음에 냉큼 잡아채면 부러지고 말아
마치 고분 속 유물을 만난 듯
살살 먼지를 털 듯 흙을 파내려 가야 한다
호박고구마는 마치 우엉이나 칡뿌리처럼
곧게 땅속에 뿌리를 세우고 있어
여간 캐기 힘든 게 아니다
낚시를 하는 것 같아 재미있다는 남편
"큰놈도 있고 잔챙이도 있고……."
공을 들여야 잡을 수 있는 물고기처럼
고구마 또한 정성을 담아야 건져 올릴 수 있으니
밭두둑을 넘나들며 고구마를 캐내다 보니
행간을 떠도는 시를 건져 올리는 것 같아
나 또한 여간 재미있는 것이 아니다.

거리에서

낡은 유모차에 엉성하게 실린 골판지 몇 장
뒤에 자동차가 오는 것조차 모르고
빈 상자를 찾아 두리번거리는 노인
종일 저것을 주워 본들
한 끼 밥이나 될까?
골판지 1kg은 30원, 신문지는 90원이라는데
저 언덕을 몇 번 오르내려야
김밥 한 줄이 될까
등에 짊어진 내 책이라도 얹어 줄까
평생을 열심히 살고도
저 언덕을 또 넘어야 하다니
바람은 왜 이리 차갑게 부는지
골판지에 박힌 내 눈이 얼어붙은 듯
멀어지는 노인을 따라간다.

오일장에 가면

닷새 만에 나온 할머니들 몇이 앉아
장사는 뒷전이고 수다로 시간을 푼다
장이래야 장사꾼도 몇 없는 초라한 엄정장
새롭다 느낄 만한 물건 하나 없고
대부분 노인들이 가꾼 농작물뿐이다

우려낸 땡감과 애호박 몇 개
서울서는 보기 힘든 으름과 도토리
말리기 힘들었으니 값을 잘 쳐 달라는 태양초
흙이 말라붙은 마늘 두어 접과 쪽파 한 묶음
붉을락 말락 풋대추 두어 대접
벌레 먹은 밤도 한자리 꿰고 앉았다

노인들은 뭐가 그렇게 재미있는지
웃다가 혀를 차기도 하며
물건 파는 건 뒷전이다

마늘 한 접 골라 잡으니
김치 한 번 해 먹으라며
떨어진 마늘 댓 개 덤으로 준다

내가 농사지었으니 주는 거유
대추 보고 안 먹으면 늙는댜

사지도 않은 대추 맛까지 보여 주는
노인의 웃음이 가을 햇살 같다
시골 장터엔 훈훈한 인심이 있고 덤이 있어
물건 사는 재미가 쏠쏠하고 기분이 좋다.

안부

오랜만에 만난 친구는
그간 잘 지냈느냐
아픈 데는 없느냐
남편은 퇴직을 했느냐
호들갑스레 물어댄다
이야기가 무르익고 대추차가 식을 때쯤
"어머니는 안녕하시지?" 하고 물었더니
"지난 오월에 돌아가셨어."
"에구 저런, 왜 연락도 안 했어."
"그동안 내가 많이 아파서 경황이 없었어."
친구는 손수건으로 눈물을 닦는다
그간 큰 수술을 받고 치료 중이라는 친구
그제야 벗지 않는 모자에 눈이 갔다
"너를 다시 만날 수 있다니."
손을 꼭 쥐며 다시 또 해사하게 웃는다
"우리 꼭 또 만날 수 있겠지?"
손가락이라도 걸 듯 친구는 꼭에 힘주어 말을 한다
일 년을 못 본 사이에 너무나 많은 변화가 있었구나
무소식이 희소식이 아님을 깨닫는다.

어머니 말씀

옷깃만 스쳐도 인연이라 했다
열 친구 사귀지 말고
한 친구를 지키라고 했다
베푼 끝은 있으니 늘 베풀라 하신다
그러나 세상은 진리대로 살 수 없음을
어머니도 이미 알고 계신다
그러면서 습관처럼 또 말을 하신다
머리 검은 짐승을 거두지 마라
그 집 가서 물 먹고 나온 놈이
말 물어내고 배신을 한다
그렇다면 사람을 믿고 정을 주라는 건지
마음을 닫으라는 건지
아직 미혹한 나는 아무것도 깨닫지 못하고 있다.

미끄러질라 조심해라

색다른 음식을 만나면
어머니 생각에 삼켜지질 않는다

온종일 혼자 외로우셨을 어머니
별것 아닌 것이라도 갖다 드리면
아이처럼 마냥 좋아하시기에
설렁탕 한 그릇 포장해 들고
행여 식을까 잰걸음을 한다

나 어렸을 때 어머니는 낯선 음식 만나면
손수건에 꼭꼭 싸 들고 오셔서
먹는 모습 흐뭇하게 바라보셨는데
여든아홉 살의 어머니는
엄마를 기다렸던 그때의 내 모습이 되었다

아기 같은 엄마는 문 밖을 나서는 내게
"미끄러질라 한눈팔지 말고 잘 댕겨라."
큰소리로 배웅을 하신다
오늘은 무얼 갖다 드리면 좋아하실까
이 놀음 오래오래 할 수 있었으면 좋겠다.

법을 몰라 슬픈 사람들

보통 사람들은 법을 몰라 슬프다
지은 죄가 죄란 생각이 안 드는데
정말 죄를 지은 것일까
죄인 줄도 모르고 행하는 일들이 얼마나 많은가
세상엔 법을 몰라 저지른 일투성이다
보통 사람들은 법을 알 수가 없다
그래서 억울하고 슬프다
아이가 아무것도 모르고 일을 저지르면
어른들은 타이르고 용서를 한다
그리고 가르쳐 준다
그러나 법이란 놈은
모르고 저질러도 용서가 안 되고
힘없는 사람을 더욱 용서하지 않는다
그래서 억울하고 슬프다.

봄을 밀어내는 바람

북으로부터 불어오는 핵무기 바람
사람들은 불안함에 잠 못 들고
자꾸만 귀를 세운다

참으로 짧은 인생이건만
왜 이리 싸움이 잦은지
누구를 살리고 누구를 죽인다는 것인지

우리가 개미들 세상을 내려다보듯
누군가 위에서 인간들을 보고 있다면
참으로 웃을 일이다

멀리서 들리는 익숙한 울림
공사장 굴삭기 흙 푸는 소리까지도
가슴을 조이게 한다

남으로부터 봄은 오고 있는데
북에서 불어오는 바람은
점점 더 차갑기만 하다.

세상에 공짜는 없다

선배는 오늘도 넋두리를 한다
마흔 넘은 미혼의 아들
뒤치다꺼리가 여간 힘든 게 아니라고
등 굽어 밥상 차리는 일이 쉽지 않지만
모른 체하자니 마음이 더 괴롭단다
함께 있어 좋지만 왠지 힘들다며
어제와 그제 했던 넋두리를 또 한다
날이 갈수록 서로 짐이 된다는 말
낯설게 들리지 않는 것은 왜일까
참으로 슬픈 일이다
아기 때 보여 준 재롱의 대가로
평생 챙기며 마음을 앓아야 하다니
자식을 낳아서 기르는 일은
크나큰 빚을 갚는 일임에 틀림이 없다.

분수처럼

얼마나 뱉어 내고 싶은지
속에 가둔 어두운 말
폭죽처럼 높이 멀리
터트리고 싶을 때가 있다

창공을 향해 발을 구르는 분수
고개 들어 치솟는 순간
죽음을 맞이할지라도
이 답답함보다야 낫겠지

남의 고통엔 무관심한 사람들
하늘로 치솟다
소리처럼 부서지는 분수를 보며
멋지다고 환호를 한다

절정을 꿈꾸는 사랑의 행위처럼
더 높이 하늘까지 치닫길 바라지만
땅에 발을 디디는 순간
사람들은 돌아서고 만다.

어머니께 들켜 버렸다

숨소리도 키를 낮추는 엘리베이터 안
한쪽으로 몸을 사리고 서 있는 내게
어머니는 한 발 다가서시더니
나의 흰 머리카락을 뽑아내신다
"쯧쯧 이를 워쩌, 벌써 머리가 다 세었네."
몹시 안타까운 표정으로 눈을 떼지 못하시는 어머니
나는 나쁜 짓을 저지른 아이처럼 고개를 숙인다
어머니 눈에 띈 하얀 머리카락
또 하나의 근심을 안겨 드리고 말았다
흰 머리카락을 감추고 산 지 오래되었지만
어머니는 오늘에야 보신 모양이다
어머니 앞에서 마냥 아이로 있어야 하는데
참으로 죄스러운 아침이다.

바람 앞에 촛불처럼

가죽만 남은 어머니 손등에 또 주삿바늘이 파고든다
아프다는 소리도 못 내고 얼굴만 찡그리는 어머니
숨 쉬는 것도 힘겨워 보인다
하늘이 빙빙 도는 것 같고 자꾸만 울렁거린다며
눈조차 뜨기 싫다고 꼭 감아 버린다
의사는 별일 아니라는 듯
연세가 높고 기력이 쇠진해서라고,
어머니는 당신 병을 안다는 듯
주사 따위 맞을 필요 없다며
자꾸만 헛손질로 밀어내신다
아직 아흔도 안 되었는데……
불안한 마음 감출 길 없다
바람 앞에 촛불처럼 자꾸만 흔들리는 엄마
엄마를 더 부를 수 있도록
절대 꺼지지 않는 촛불이 되어 달라고
두 손 모아 간절히 빌고 또 빈다.

어머니 등을 밀다가

여든아홉의 어머니는 움직임이 느리지만
중병을 앓는 딸보다는 힘이 세다고 생각하셨는지
“내가 등 밀어 줄게 돌아앉아 봐라.”
“괜찮아 엄마, 내가 엄마 밀어 드릴게.”
엄마는 이승에서의 마지막 선물이라도 받듯
내 쪽을 향해 크게 등을 내미신다
쓸모없는 한쪽 팔을 디룽거리며
왼팔로 힘지게 엄마의 등을 밀어 본다
“에구 쯧쯧쯧 애기 힘보다 약해졌구나.”
엄마는 몹시 마음이 아픈 듯 자꾸만 물로 얼굴을 씻는다
엄마를 도와드리려다가 또 불효를 저지르고 말았다
어머니! 얼른 나아서 힘지게 밀어 볼게요.

어머니! 내년에도 보조 할래요

갑자기 기온이 내려간다는 일기예보를 듣고
어느새 밭에 엎드린 어머니
텃밭의 배추와 무가 어머니 칼끝에서 고꾸라진다
무청은 빨랫줄에 널어 시래기 만들고
대궁이 퍼런 무들은 동치미를 담근단다
팔십 년 이상 담그신 김장답게 숙련공이다
소금물 풀어 얼른 배추를 절이라는 어머니
몇 포기 하실 거냐는 물음에
―농사지은 것은 포기를 세는 게 아녀
 우거지 하나도 버리지 말고 다 먹는 거지―
해마다 하는 일인데도 나는 늘 보조다
허리 한 번 펼 새 없이 절이고 또 절인 배추
내일 아침 씻을 생각에 벌써 손이 시리지만
어머니 손길 닿은 김장이 마지막일까 봐
자꾸만 해찰을 부리게 된다.

마지막 비행을 마친 새

조막만 한 박새 한 마리가 유리창에 부딪더니
콘크리트 바닥으로 떨어진다
살기 싫었던 걸까?
마지막 비행!
꺼질 듯 숨을 할딱이며
눈물 반짝이는 눈동자로 하늘을 보고
힘겹게 날갯죽지를 들어 마지막 손을 흔든다

뉴스에서는 70대 노인의 자살 이야기가 나오고
조문객 하나 없는 쓸쓸한 죽음이라 말한다
마지막 비행을 마친 박새 앞에 나는
고개를 숙이고 안녕을 고했다.

되돌려 본 시간들

우연히 발견한 낯선 사진 꾸러미
먼지를 털어내고 한 장 한 장 세월을 넘긴다
설렘과 기다림이 있던 이십 대부터
아이들 자라는 모습 보며 행복했던
삼십 대 사십 대가 이미 낯선 얼굴이다
지금은 기억 속에만 남아 있는 모습들
시간을 멈춘 듯 거기 서서 웃고 있을 줄이야
지난 세월들을 가만히 들여다보니
그때는 못했던 투정도 생각나고
웃음도 나고, 화도 나고
이젠 모두 지울 일만 남은 듯하다
리셋이 필요 없는 삶
인생은 흐르는 물과 같은 것을.

그네 타는 할머니

시계추처럼 일정한 간격으로 왔다갔다
메트로놈을 켜 놓은 듯 박자를 맞추어
앞으로 뒤로 흔들리는 그네
아무도 노인에게 말을 걸지 않는다
놀이터에 지저귀는 수많은 아이들
아이들을 지키는 더 많은 어른들
그림자 보듯 말 한마디 걸지 않지만
노인은 모두 떠난 어둠 속에서도
하늘로 오르는 사다리인 양
그네를 내려올 마음이 없다
기다리는 사람이 없는 것일까
누군가를 기다리는 것일까
걸어온 세월을 세어 보는 것일까
노인의 그네가 아직도 바람을 탄다.

잃어버리고 행복하다

점심을 가볍게 사 먹을 요량으로 만 원짜리 한 장 주머니에 찔러 넣고 문을 나섰다. 지갑도 짐이라 생각하여 달랑 돈만 들고 나선 이유는, 밥을 먹고 난 후에 걷기운동을 할 속셈인데 가볍긴 참 가볍다. 무얼 먹을까 궁리하며 비에 젖은 은행잎 위를 자박자박 걸어서 자주 가는 우동가게 앞에 섰다. 나보다 먼저 온 대여섯 명이 문 앞에서 동동거린다. 얼마쯤 기다렸을까? 사람들 몇이 나오고 또 몇이 들어간다. 주머니에 손을 찌르고 웅크려 있던 내 순서가 되었다. 급한 마음에 얼른 들어가 자리를 잡는데 옆에 앉은 젊은 연인 한 쌍이 연신 싱글벙글하며 속닥인다.

"오늘 땡 잡았어. 이런 행운이 또 있을까? 누가 선물을 준 것 같아. 그치?"

그들은 손에 만 원짜리 한 장을 들고 매우 즐거워하고 있다. 순간 나는 주머니 속에 손을 넣어 보았다. 없다. 없어졌다. 분명 내가 빠뜨린 것 같다. 그러나 차마 말을 할 수가 없다. 저들이 너무 행복해하니까. 나는 슬그머니 일어나 밖으로 나왔다. 오늘 점심은 다이어트다.

마음을 전하는 법

약간의 친분으로 부고를 받을 때가 있다
낯설게 웃고 있는 사진 앞에 묵념을 마치고
죄인처럼 서 있는 상주와 마주하게 되면
딱히 뭐라 위로의 말을 전하기 어려워
두 손을 꼭 잡고 허리를 굽힌다
말이 필요치 않다
눈만 보면 된다
상주의 눈을 보면 어느새 내 눈도 젖어
금세 슬픔이 하나 된다
한 발 다가서서 가슴을 맞대고
꼭 안아 주며 등을 토닥이면
위로의 마음이 전해진다.

재활용품 버리는 날이면

목요일이면 재활용품을 모은다
사람들은 한 주의 흔적들을 들고 나와 탑을 쌓는다
'결국 버리게 되는 것들 왜 만드는 걸까'
분리를 제대로 하지 않아 티격태격
버리는 일에도 예의가 따른다
우리의 삶은 결국 버리기 위함이 아니던가
온갖 탐욕과 소유에서 자유를 만나기까지
버리고 또 버리고 끝내는
냄새나는 이 육신까지 버려야 하는 것을
재활용품은 어디선가 다시 쓰임이 있겠지만
우리는 다시 또 쓰일 수 있을까
영원한 버림이 될지라도
만물의 영장답게
멋있게 사라지고 싶다.

김밥

3,500원짜리 김밥 내용물을 적어 본다
하얀 쌀밥, 단무지, 당근, 오이, 참치,
곤약, 치즈, 우엉, 계란, 생선가루

1,500원짜리 김밥 내용물을 적어 본다
하얀 쌀밥, 단무지, 어묵, 계란, 오이, 게맛살

이름은 똑같은 김밥
내용은 전혀 달라
우리 삶도 그렇지.

혼자라는 것

사과 한 개를 깎다 보니
한 번에 다 먹기는 너무 많아
사과 한 쪽 나눌 사람이 곁에 없다

거울 속 나를 보며 와삭 씹어 본다
입안에 고이는 물이 눈물 같다
모두 어디 갔을까

어느새 배가 부르다
사과 한 개를 입에 물고 문득
혼자라는 사실에 서늘해진다.

제5부

어머니의 향기

닿을 수 없는 너

새는 날개 펼칠 준비가 끝났다
바람이 깃털을 때리면
금세 땅을 박차고 오를 것처럼
발가락에 힘을 주고 서 있다
하루가 백 일처럼 지루하다며
더는 지저귈 필요가 없는 세상이라며
눈을 감고 싶다는 노래를 자주 불렀다
조는 듯 감고 있는 눈
다시는 뜨지 않을 것 같아
발소리 죽이고 가까이 다가서 본다
그러면 너는 귀를 세우고 바짝 웅크린 자세로
한 발 깡충 뛰어 멀리 앉는다
영원히 손이 닿지 않을 너는
오늘도 날고 싶어 안달이다.

숨

어머니는 틈만 나면 구멍을 막았다
바늘구멍도 남기지 않고 틀어막기 바빴다
가끔은 숨이 막혀 죽기도 했다
그런 날은 온 식구가 추위에 떨어야 했고
숨이 멎은 연탄은 싸늘한 웃음을 보이곤 했다
어머니는 밤마다 침침한 불빛 아래서
쓰다 버린 전구에 양말을 끼우고
구멍 난 곳을 열심히 꿰맸다
마치 거미가 집을 짓는 것 같았다
발뒤꿈치가 훤히 보이던 양말
자고 나면 말끔하게 막혀 있었다
어머니는 구멍만 보면 자꾸 막고 싶어 했다
쥐구멍을 돌로 막고 개구멍을 삼태기로 막았다
구멍이 있으면 돈이 새나간다고 생각한 어머니
구멍은 바로 숨이라는 것을 모르셨나 보다.

후포항에서 생각하다

축제처럼 불을 밝힌 오징어잡이 배
내일을 모르는 오징어 떼가 나방처럼 모여들어
죽음의 춤사위를 펼친다
로켓 발사처럼 위로 아래로 빛을 뿜으며
정신없이 차고 오르는 군무
축제는 여기까지다
낚시 끝의 음모를 덥석 물고 곤두박질치는 순간
다시는 돌아갈 수 없는 고향이 된다
작은 유혹에 휘말려 한순간에 손을 털고
삶을 접어야 하는 사람들과 다를 바 없다
불빛을 따라 왔다가
빨랫줄에 거꾸로 매달려
열 개의 다리가 빳빳하게 굳어 갈 때쯤
축제의 기억도 고향의 그리움도 모두 말라 버린다.

연습

차창 밖으로 멀어지는
당신의 모습을 바라보며
살며시 손을 흔들어 본다

이승에서의 마지막 인사도
오늘처럼 이렇게
웃으며 할 수 있기를

내일 다시 만날 것처럼
환한 얼굴로
안녕을 할 수 있기를

날마다 혼자 연습을 해 본다
당신 앞에서 울지 않고
웃으며 안녕을 하리라고.

고속버스를 타고

늘 옆에 앉아 재잘재잘
운전하는 당신을 방해하던 나
한순간도 혼자인 적 없던 우리

그림자처럼 늘 곁에서
함께 걸어주던 당신을 남기고
오늘 나는 홀로 버스를 탄다

언젠가는 오늘처럼
당신을 남기고 가야 하기에
돌아서는 연습을 하는 것

당신을 두고 가는 나
나를 보내고 돌아서는 당신
누가 더 슬플까

남겨진 당신이 더 슬프겠지
그러나 함께 갈 수 없는 길
고속버스를 타고 떠났다고 생각해.

우리의 그림

그림을 그리면 무슨 색이 될까
우리 삶의 그림은

기쁜 날
슬펐던 날
화나고 우울했던 날

그 많은 날들을 색으로 표현한다면
무슨 색이 적당할까

삼십팔 년을 살고 보니
나는 당신에게
노을빛 별을 주고 싶다

그 많은 시간들
그 많은 순간들
모두가 사랑이 밑그림이었으니까

달콤하고 행복했던 날들만 기억이 난다
힘들었던 순간들도 아름다운 추억
감빛 웃음이 피어난다.

하루만 더 놀다 가

내일 기차 타고 올라갈게
내일?
아침에 우리 밭 둘러보고
맑은 공기 쐬면서 산책을 해 봐
오후엔 원주에 가서 구경도 하고
원주천 걸으면서 운동도 하고
저녁때 온천 가자
몸이 훨씬 가벼워질 거야
그리고 내일 하루 더 자고 모레 올라가

하룻밤 더 자고 가라는 말이
자꾸만 귀에 맴돈다
이승에서의 남은 밤이 짧아서일까
하룻밤을 더, 라는 말이
자꾸만 목에 걸린 가시처럼
삼켜지질 않는다.

꼭 그럴 거지

내가 부르거나 손을 내밀면
언제라도 달려와
모든 걸 해결해 주던 사람
나 혼자 힘으로는
아무것도 할 수 없을 만큼
연약한 존재로 만들어 버린 사람
그러나 막상 내가 없다면
매우 심심할 거야
나의 잔소리도 그리워질 거야
그리고 많이 보고 싶을 거야
꿈길에라도 만나면
예전에 그랬던 것처럼
꼭 손을 잡아 줘야 해
당신은 영원한 내 사랑이니까.

탓

국경일 밤만 되면 도심을 질주하는 아이들
사람들은 폭주족이라 부르며 눈살을 찌푸린다

—그물이라도 쳐서 저놈들을 잡아야 해
평생 콩밥을 먹여야 한다고
경찰들은 뭐하는 거야
저놈들을 왜 잡지 못하는 거야—

곳곳에서 터지는 원망의 목소리 뒤로
야광 봉을 치켜든 경찰관이 외친다

—저 애들만 나무라지 마세요
  저 애들 처벌할 때 가슴이 찢어집니다
  그 흔한 부모가 있길 하나
  들어갈 집이 있길 하나
  누가 누굴 탓합니까
  나는 어른들을 잡고 싶어요—

오토바이 굉음보다 크게 와 닿았던
그 목소리 아직도 들리는 듯하다.

세태

새벽이 열리기 전 지구대는 난장판이 된다
술 취한 사람이 욕설을 퍼부어 대고
부끄럼을 상실한 여자가 옷을 벗어 던지고
올라간 치맛자락을 끌어내리며 말리는 경찰관에게
"당신 나 알아? 왜 만져."
연락받고 들이닥친 가족들 소리소리 질러대고
"너 죽고 나 죽자 이 웬수야."
음주운전 측정 거부하고 뺑소니치다 잡힌
겁 없는 중년의 남자는
높은 양반이 친구라며 자꾸 그 이름 불러대고
말 없는 CCTV는 두 눈 크게 뜨고 노려본다

이렇듯 난장판이 되어 가는 시각
곳곳에선 도둑이 난무를 하고
힘없는 아녀자들이 매를 맞고
검은 손아귀 아래에서 비명을 지른다
세상은 온통 아우성 속이다
하늘 님의 조리개는 누굴 보고 계시는지
밤만 되면 미쳐 날뛰는 이들을 보시면서
무슨 생각을 하시는지
하늘님 !
오, 하늘님!

혼자 생각하다

속옷의 상표까지 훤히 보이게
이리 찢고 저리 찢고
허벅지는 물론 궁둥이가 다 드러나게,
등잔불 아래 눈 비비며 양말 깁던 어머니를 생각한다

발가락 하나 삐져나오는 것도 안타까워하시던
구순의 어머니는 저들을 보며 뭐라 하실까
옷이 없어서 떨어진 것을 입었다며 혀를 차시겠지

북한에선 대남 비방용 사진으로
찢어진 청바지에 배꼽 나온 티셔츠 입은
우리네 젊은이들을 보여 주며
남조선엔 물자가 부족하고 돈이 없어서
양아치만 득실거린다고 선전한다는데

그래도 사람들은 가로 찢고 세로 찢고
돌에 문지르고 두드리고……
분명 내가 모르는 매력이 숨겨진 것만 같아
멀쩡한 청바지 손에 들고
자꾸만 이리저리 돌려본다.

친구가 보내준 사진을 보며

40여 년이 지나도록 한 번도 본 적 없는 친구
초등학교 1학년 때 같은 반 친구였다며
〈소풍〉이라는 제목으로 사진을 보내왔다

맨 뒷줄 오른쪽에서 세 번째가 본인이라는데
나는 어디에 있는지 모르겠단다

그가 알려 준 세 번째 얼굴을 아무리 들여다보아도
똘똘하게 생겼다는 생각만 들 뿐
도대체 누구인지 알 길이 없다

백 년도 못 사는 삶이건만
그간 만난 사람도 기억 못하고 가야 하다니

누렇게 색이 바랜 흑백사진 한 장 붙들고 서서
세월의 강을 뛰듯이 건너

조각조각 흩어진 기억의 퍼즐을 맞추며
부끄럼 모르던 시절의 동무를 찾아간다.

리셋 증후군

버튼을 찾는다
기계화된 삶에 빠져
스스로 생각하던 사람들이
키보드 명령에만 의지한다

버튼을 찾는다
가상공간에서의 허우적거림
시작으로 돌아갈 수 있다는 요술 같은 말에
사실과 허구의 경계를 구분하지 못한다

종잇장 같은 마지막 희망을 포기하고
바람에 몸을 던지는 사람들
내일이 오지 않을 줄 알면서도
현실과 다른 미래를 상상해 본다

버튼을 찾으려 한다
처음으로 되돌아가
보이지 않는 사람들을 부러워하며
바람에게 몸을 맡긴다
닿지 않는 손 대신 리셋 버튼을 눌러 주길 바란다.

댓글 달기

취미가 같은 사람들끼리 모여
재잘재잘 속닥속닥
시간 가는 것을 잊는 방
누군가 새로운 글이라도 하나 올리면
떡밥 곁으로 모여든 물고기 떼처럼
여간 소란스러운 것이 아니다
대부분 본심에 화장을 덧칠한 칭찬 일색이지만
글을 내건 주인은 흐뭇한 미소를 짓는다
혹여 누군가 진심어린 충고의 글이라도 올려 주면
고마우면서도 속으론 섭섭한 게 사람 마음인 것을
이렇게 귀가 얇고 눈이 어두워서야 어디
만물의 영장이라고 하겠는가
사탕발림 같은 칭찬의 글보다는
서슬 퍼런 평론가의 비평처럼
날카롭고 냉철한 댓글이 필요하다
지금 우리에겐.

어떤 장례식

이순에 아내를 잃은 상주가
문상 간 사람들을 붙들고 사연을 고한다
대학생 때 만나 사십 년 가까이 함께였다며
자신의 삶에 있어서
칠십 퍼센트를 아내가 다 해 줬다고
아내가 모든 걸 다 해 줘서 살았다고
이제 어찌 살아야 하냐고 한탄을 해댄다
또한 아내가 없는 텅 빈 집에 어떻게 들어가며
그 외로움을 무엇으로 채워야 하냐고 울먹인다
한참을 듣다가 곰곰이 생각해 보니
남편을 위해 헌신하고 희생만 하다가 죽은
그 여인이 참으로 가엾다는 생각이다
서러운 나이에 삶을 마감한 아내를 불쌍타 않고
자기 살아갈 일만 걱정하는
그의 얼굴이 지워지지 않는다.

사랑하는 제자에게

입학시험을 망치고 우는 너를 보면서
대학이 인생의 전부가 아니야
더 멀리 바라보면 아주 작은 부분일 뿐이야
천천히 걷는다고 생각하자
그렇게 말을 하고 어깨를 도닥였지만
말을 잃은 너는
눈 안에 구름이 가득하구나
그 어떤 말도 귀에 담기지 않을 터
나는 너를 꼬옥 안고 속으로 말을 한다
삶이란 그렇게 아프고 괴로운 거야
그러나 참고 견디면 환희를 맛볼 수 있지
대부분 사람들은 그렇게
참고 견디면서 어른이 되었단다
우리 조금 더 참고 때를 기다리자
반드시 환히 웃을 날이 올 테니.

어쩜 그렇게

무엇이 불만인지 자꾸만 손톱을 물어뜯던 다섯 살배기 딸내미가 어느새 엄마가 되어 그때의 저만한 아들을 무릎에 앉히고 타이른다. 손을 입에 대면 더럽다고, 입속으로 병균이 들어가면 배가 아프다고, 어쩜 그리도 30년 전 나와 똑같은 말을 하는지. 예전에 내가 하던 그대로 제 아들을 달랜다. 엄마가 돼 봐야 어미 마음을 안다더니, 손을 물어뜯는 아들을 안고 절절 매는 딸을 보며 혼자 피식 웃어 본다.

돌잔치 구경

세상에 태어난 지 일 년
간신히 발을 떼는 아기를 안고
어른들은 돌잡이 응원을 한다

마이크, 청진기, 연필, 실, 심판봉, 그리고……
어른들의 소망을 쟁반 가득 늘어놓다가
아기 엄마는 맨 위에 돈을 얹어 놓는다

"돈이면 다 될 수 있어 아기야!"

사회자의 너스레를 비웃기라도 하듯
아기는 마이크를 번쩍 집어 든다

"어머나, 아기가 가수가 되려나 봐요."

사람들은 손뼉을 치며 웃는데
아기 엄마는 몹시 실망한 얼굴
아기 손에 돈을 꼬옥 쥐어 준다.

지하철 여행

노란 선 밖으로 사람들이 물러선다
청소기가 먼지를 빨아들이듯
순식간에 사람들을 가두고 열차는 땅속을 가른다

때 묻은 손잡이 멋대로 그네를 타고
상인 지나간 통로엔 그 외침이 남긴 수선스러움
조는 사람 옆에 또 조는 사람
눈을 뜬 사람들은 휴대폰과 눈을 맞추고 있다

열차는 두 부류의 사람들을 태우고
어젯밤 취객들이 내렸던 역도 지나고
아쉬워 손을 놓지 못했던 추억의 역도
그 플랫폼 벽에 붙어 있는 낡은 포스터도 지나친다

사람들이 내리고 그 자리에 다른 사람들이 앉고
그렇게 한 시간의 지하 여행이 끝난다

이 땅에 사는 사람들 모두
그렇게 자리바꿈하는 것이겠지
다른 것이 있다면 지하철은 출구가 있다.

어머니의 향기

저승 가는 길에 입고 갈 옷에 좀 슬면 안 된다며
윤달에 만든 수의 켜켜이 끼워 넣은 좀약
그 지독한 냄새가 온 방을 휘돈다

장롱 속에 넣어 둔 좀약 냄새가 싫다고
엄마 방에 들어설 때마다 투덜거렸던 나
갑자기 엄마의 장롱 앞에서 눈물이 난다

머지않아 영영 먼 길 떠나실 터
내 손으로 장롱을 열고
마지막 입고 가실 옷을 꺼낼 일 생각하니
슬픔이 분수처럼 솟는다

잠시 외출하신 빈 방도 이렇게 썰렁한데
영이별을 하면 얼마나 허전할까
89년 곰삭은 어머니 향기
그 싫던 좀약 냄새도 그리움이 되겠지.

원주 가는 길

땅거미 지는 영동고속도로
가변도로엔 붉은 가위표가 번쩍번쩍
절대 들어오지 말라고 눈을 깜빡인다
텅 빈 가변도로를 옆에 두고
경보선수처럼 걷고 있는 자동차들
마음은 자꾸 훤한 갓길 위를 달리고
땅거미는 허기를 부추기고
온종일 눈 빠지게 기다리고 계실
어머니 생각에
마음은 더 바삐 동동거리지만
자동차 바퀴는 여전히 제자리걸음이다.

코끼리를 보다가 문득

라오스가 고향이라는 코끼리 가족
먼 제주도까지 와서 재주를 부린다
코끼리 등에 올라탄 조련사들
집채만 한 거구를 무릎 꿇려 절을 하게 하고
어린이 앞에 코를 내뻗어 바나나 구걸도 시킨다

석가모니 부처를 잉태했던 마야부인
코끼리를 태몽으로 만났기에
불가에서는 부처님 섬기듯 했다는데
어찌하여 천민이 되어 버린 귀족처럼
이 먼 땅에서 눈물을 삼키고 있나

조련사의 채찍 앞에
구걸하듯 먹이를 얻는 코끼리
자존심도 존엄성도 다 잃고
그저 웃기는 동물이 되고 말았다

오래전 만주와 러시아 등으로 망명해
박해와 고통을 받았던 대한의 열사들
갑자기 우리 민족이 생각나는 건 왜일까.

고문

청량리행 1602호 열차 1호칸 순방향 45번
한글날 아침 원주 발 기차에 오른다
출발역인 안동에서 탄 사람들인 듯
경상도 말투의 일가족 세 명이 마주앉아 있다
젊은 부부와 열두어 살 정도의 아들
비어 있는 창가 쪽 내 자리에 앉고 보니
남의 집에 찾아간 손님 같다
끊임없이 떠드는 세 사람
무언가를 연신 오물거리며 먹고
앞 의자에 발을 뻗고 앉아
발가락을 꼼지락거린다
특실 요금 칠천구백 원이 아깝다
앞에 앉은 낯선 내가 보이지 않나 보다
나는 먼 풍경에 눈을 던진 채
서울 닿기만을 간절히 기다린다.

이별 연습

딸네 집에 사는 것이 남부끄럽다며
밖에서 인기척만 나면 방으로 들어가시는
우리 엄마

아직도 딸은 남의 식구 사위는 백년손님
아침저녁 밥 때가 되면
어머니는 민들레 꽃씨 머리를 하고
밥상 앞에 손님처럼 앉아 수저를 드신다

명절날 아들네가 편할 거라 생각하셨는지
큰아들이 찾아오자 냉큼 따라가셨다
"추석 지나고 오마."
엄마가 안 계신 집은 빈집이 되었다

돌아올 약속이 있는 이별인데
이렇게 허전할 수가 없어
틈만 나면 자꾸 엄마 방을 기웃댄다

엄마 없는 빈 방엔 바람만 휑하다
이승의 삶이 길지 않다는 걸 알고
이별 연습 중이신 엄마를 나는 안다.

마음의 눈으로 보기

멀리 보이는 것은 아름답다
가까이 다가설수록
흠이 돋보이는 법

안개 내려앉은 아침
가려진 장막 속
거기엔 아름다움이 존재한다

한 번도 악수한 적 없는
하늘의 별이 그렇듯
멀리 있는 것은 아름답다

안개 걷히고
민낯을 드러낸 일상 앞에
눈을 감고 싶다.